あなたを応援する誰か

著
ソン・ミファ
訳
桑畑優香

&books

당신을 응원하는 누군가

(SOMEONE TO CHEER ON YOU)

by

Mihwa

This Japanese edition was published by TATSUMI PUBLISHING CO.,LTD.
in 2023 by arrangement with Sigma Books c/o KCC
(Korea Copyright Center Inc.), Seoul.

Book design by
albireo

あなたを応援する誰か

目 次

休止符 2

今を生きよ、あなたを応援する誰か

休止符 3

人は、自分が思うままに存在する

休止符 4

愛とは、与えるものなのか
それとも
与えられるものなのか

休止符 5

応答せよ、
きらきら輝く
たくさんの瞬間たち

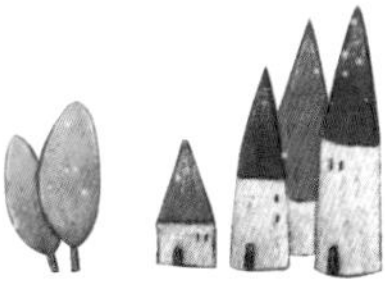

・プロローグ・

『人生には遅すぎることも早すぎることもない。
おまえは何にだってなれる。
夢を叶えるのに、タイムリミットなんてないんだ。
今までどおりだっていいし、
新たな人生を始めてもいい。
最善と最悪の中から、
最善の選択をするように願っているよ。

見たことのないものを見て、
感じたことのないことを感じるといい。
自分とは違う考えを持つ人々に出会い、
悔いのない人生を送るんだ。

少しでも後悔するようなことがあれば、
勇気を出して……やり直せばいい』

――映画『ベンジャミン・バトン　数奇な人生』より

美畫

20歳になれば、おとなになれると思っていた。
30歳になったら、人生のいろんなことが
叶えられていると信じていた。
ところが、30歳になっても、
わたしはちっとも変わっていない。
むしろ焦って、うまくいかないことばかり。

いま歩いているのは進むべき道なのか。
そばにいるのは一体どんな人なのか。
わからないことばかり。
でも、もう背は伸びないから、
わたしはおとなになったのだろう。
だったら、おとならしく生きようと思った。

世の中をあるがまま見つめるのではなく
他人のフィルターを通して
ながめるようになっていた。
他人のものさしで自分を測って
失敗するんじゃないかと、びくびくしていた。
感情をありのまま表すのは、
他人に自分の弱点をさらけ出すことだと思っていた。

でもある日、ふと省みると
自分は、ただ自分なのだと気づいた。

わたしはいま、自分だけの道を一生懸命歩いている。
もう背は伸びないけれど、
居場所を探す自分を見つめながら
少しずつ本当のおとなになっていくのだろう。

まだとても不器用で
ときには人よりのそのそとしていて焦り、
ときにはだだをこねる子どものようなわたし。
感情をストレートに表すのは怖いけど、
このままの、こんな自分でもいいと思う。
先はまだ長いから。

今はただ人生の途中にすぎないのだから。

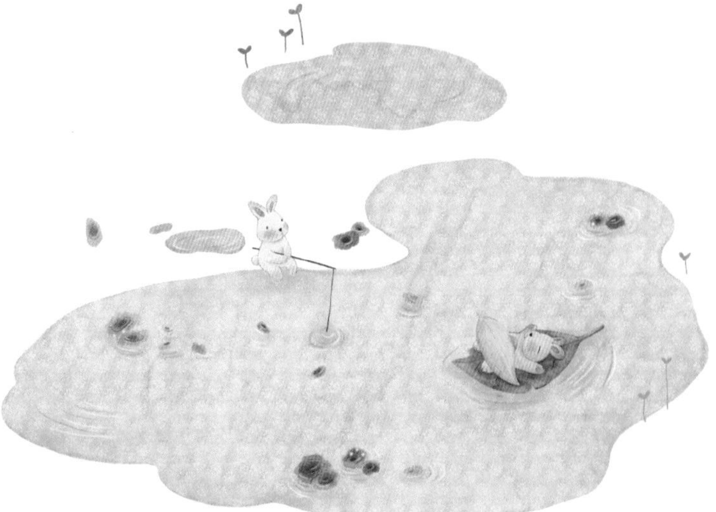

休止符　1

いちばん 大切なのは 自分を愛すること

『他の人が言うことなんて、関係ない。
無視すればいい。
心が傷つくのは、
他人のせいじゃなくて、自分が弱いから』

――ドラマ『恋愛マニュアル～まだ結婚したい女』より

・感情取扱いマニュアル・

あるネイティブ・アメリカンの長老が孫に、
「心の中で戦っているオオカミ」の話をした。

「坊や、わしらの心の中では、
いつも2匹のオオカミが戦っているんだ。
1匹は悪いオオカミで、
そいつは、怒り、嫉妬、悲しみ、貪欲、傲慢《ごうまん》、罪悪感、
劣等感、うぬぼれ、優越感、それに利己心の象徴だ。
もう1匹は良いオオカミで、
こいつは、喜び、安らぎ、愛、希望、謙虚、
平穏、親切の象徴だ」

孫が長老に尋ねた。
「それで、どっちが勝つの？」
長老は静かに答えた。

「おまえがエサをやっているほうの
オオカミだよ」

怒り、嫉妬、悲しみ、貪欲、傲慢《ごうまん》、
罪悪感、劣等感、うぬぼれ、優越感、利己心、
そして喜び、安らぎ、愛、希望、謙虚、平穏、親切。
人間の心の中にはありとあらゆる感情が存在し、
そのひとつを深く感じるよりも
いろいろ、ごちゃ混ぜになっている。
たいしたことないふりをして、
何の感情もわかないことも多いけど
ときにはすごく腹が立つこともあるし、
悲しくてたまらなくなることもある。
ガマンできないほど感情がこみあげてしまうのは、
ふだんぐっとこらえていたものがあふれ出すから。

そんなときは、劣等感にさいなまれたり、
優越感がこみあげて、誰かにマウントを取ったり。
すごくうれしくなって、
みんなにとことん親切にしてみたり。

怒り、嫉妬、悲しみ、
どんな感情も大事にしたい。
嫉妬は競争心を呼び起こし、
情熱というポジティブな気持ちも与えてくれるし、
罪悪感は過ちを反省させてくれるから。

腹を立てても、嫉妬してもかまわない。
誰かがわたしのものを奪っても、それは当然のこと。
世の中にはわたしより優れた人もたくさんいる。
すごくうれしくて笑顔になり、
他の人に心の底から優しくできる瞬間があるなら、
それはとってもすてきなこと。

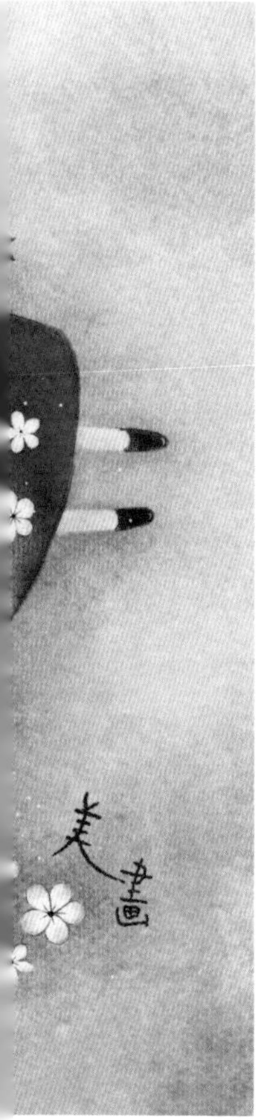

もう周りの目なんて
気にしなくていい。
生きること、
それは、泣いて笑って
心を痛めて、感謝して、
だからこそ
大切なものなのだから。

・わたしにとってあなたは完ぺき・

子どものころは何もかもがうらやましかった。
でも何がうらやましかったのか、
まったく覚えていないくらい
あらゆることに嫉妬していた。
今にして思えば、あのころのわたしは
自分が持っている大切なものには目もくれず
他人にひたすら羨望のまなざしを向け、
自分以外はみんな完ぺきだと思っていた。

でもある日、劣等感を脱ぎ捨てると、
わたしをうらやむ人たちがいるのに気づいた。
もちろんその人たちだって完ぺきのように見えたけど、
その人たちはわたしに嫉妬していたのだ。

みんながどんなに完ぺきに見えたとしても
世の中に完ぺきな人なんていない。
ただ自分にはない何かを持っているだけ。

1たす2が3になる理由は

「わたし」という「1人」に、
「わたしたち」という「2人」が加わって
新しい人生を築くから。

そんなふうに足りないところを補い合えば、
人生はもっと楽しくなるはず。

だから　わたしは
そして　あなたは
世界でひとりだけの存在だから。
それだけで完ぺきな人間なのだ。

美畫

・わたしと異なる人・

わたしと異なる人は、世の中にいっぱいいる。
その人たちはわたしと異なるだけで、
間違っているわけじゃない。

試験の答案をチェックするとき
「答えが間違っている」と言う。
でも、「答えが異なる」とは言わない。
「答えが異なる」とは、数学の答案を見ながら
英語の点数をつけるような場合のことだ。

数学と英語では問題が異なるように、
あなたとわたしも異なっている。
「自分と異なるから正解ではない」と
バツをつけてしまったら、
一生その問題の答えは見つからないだろう。

こうした真理を認められず、他の人もみんな
自分と同じ気持ちだと思い込むことがときどきある。

「異なるのはあたりまえ。もともとそういう人だから」
こんなふうに思えばいいのに、
「どうしてあなたは異なるの?」と思うから
フクザツで難しくなる。

数学と英語の正解が
自分の好き嫌いでは決められないように、

人はそれぞれ
自分だけの正解を持っているのだから。

わたしがまず受け入れてこそ
相手もあるがままのわたしを認めてくれる。

その人にとってはわたしも
ただの他人に過ぎないのだから。

・心が元気になるチカラ・

不思議なことに、人の体には
特別な治療をしなくても
傷を自然に治すチカラがある。
けがをしたり病気になったりしても
病院に行くほどでないかぎり
そっとしておけば自然に癒える。

人の心も、体と同じ。
生きていれば苦しいことがあるけれど、
でもきっと大丈夫。
時間がたてば、
心は元気を取り戻すから。

苦しいときは、苦しみ
悲しいときは、ひたすら悲しむ。
そのうちきっと、いつの間にかまた元気になるから。

元気を取り戻すのに時間がかかるとしたら、
他の人よりほんの少し
心の免疫力が弱いだけ。

時が解決するという言葉は
陳腐に聞こえるかもしれないけど、
時間より効く薬はまだ見つからない。

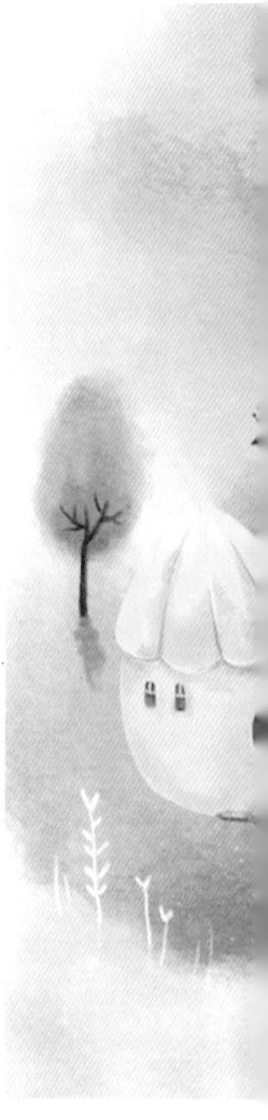

美畫

・人と人との「安全な距離」・

自動車には安全な車間距離というものがあって、
ある程度の距離をとることが必要だという。
前の車が急停車したり、
雨に濡れた道でスリップしたりすると
追突して大きな事故を起こしてしまうから。

自動車だけでなく、人と人との関係も
大切なのは安全な距離を保つこと。

友だちだから、家族だから、あるいは恋人だからと、
なんでも一緒にやろうと誘ったり、
わかってもらえるのがあたりまえだと思ったり。
すると、そんな関係が重く感じる瞬間が訪れる。

おたがいを気づかい、距離を保ち
スピードを合わせていけば、
誤解やエゴのぶつかり合いで生じる事故を
きっと防げるはず。

交通事故とは違って
心の追突事故は、
保険では解決できないから
いつも「安全な距離」を
保つのが大切！

・自分だけが知らないこと・

神話には時に、悲惨な人物が登場する。
巨人の神アトラスもそのひとりだ。
一族がゼウスと戦って敗れたために、
天空を両肩で支えるという罰を受けた。
一族の神として責任を負わざるをえないとはいえ、
たったひとりで天空を肩で支えるというのは
とてつもなく、ひどい罰だと思う。

わたしの周りにいるのは、
みんなアトラスみたいに優しい人ばかり。
本当に心が温かいのか、
親切なふりをしているだけなのか。
誰もがみんな、
肩の荷の重みに耐えているようだ。
まるでスーパーマンのように、
いい恋人、いい上司、いい部下、
いい友だちになるためにがんばっている。
周囲の願いをぜんぶ聞き入れて、
すべての問題をひとりで解決する、
そんな人になろうとしている。（わたしもそのひとり）

誰もがみんな、ひとつずつ、
あるいはいくつもの役割を果たしながら生きている。
でも、もしかすると多くの役割を
完ぺきにこなすために、
すごく無理をしながら生きているのかも。

背伸びをしてこそ、ほめてもらえるのだと
誤解しながら生きているのかも。
期待を背負う重圧に必死に耐えているのなら
もう荷を降ろしても大丈夫。
そんな無理をしなくても、
じゅうぶんすてきな人だから。

不思議なのは
それを本人だけが
気づいていないこと。

・利己的でも大丈夫・

悔いのない人生を過ごすためには
どうすればいいのだろう。
与えられた仕事をがんばる。
周りの人たちを理解して手を差し伸べる。
そうすれば、後悔しないだろうか?

一生懸命に生きるのは大切だし
他人を理解し助けるのも立派だけど、
どんなときにも大事なのは、知恵を身に着けること。
知恵を備えて、一生懸命がんばり、
知恵を生かして、誰かに手を差し伸べる。

ひたすらがんばるだけなら体と心を壊してしまうし、
深く理解せずに手を差し伸べたら、
気持ちを保つのは難しくなる。

与えられた仕事と他の人に
集中させていた気持ちを少しだけ
自分に向けてみるのはどうだろう?

自分を愛せず、自分をいたわれない人が、
心から他人を愛し、いたわることができるだろうか?
自らに確信を持てず、自らに不満を持つ人が、
他人の成功に心から拍手を送るのは
簡単ではないはず。

自分の人生を顧みて、
「よくがんばった」と思うときがある。
世の中は厳しいけれど、
嫌な顔をせず、弱気にならないように
せいいっぱい生きている。

自分をいたわり、愛し、
大切にしながら生きても大丈夫。
もう少しわがままになっていい。

自分が元気で、

自分がうれしくて、

自分が励まされ、

自分が凜《りん》としてこそ、

周りに目を向けることができるのだから。

・世の中のすべての人が
わたしを好きだったら・

世の中のすべての人が
わたしを好きだったらいいのにと
思ったことがある。

すべての人の心の中で、優しい人として
あるいはいい人として、記憶されていたいから。
わたしの行動や言葉が
他の人の心を傷つけはしないかと省み、
自分を受け入れてもらおうと、
いつもみんなのそばにいた。

そうするうちに、くたびれてへとへとになり
傷ついた心を抱きかかえたまま
再び拒まれるのではないかと、
他の人に近づくのをおそれていた。

美

わたしにも当然、嫌いな人や
興味を持てない人がいる。
その人たちにどう思われようが
まったく気にならないときもある。

誰にでも嫌いな人はいるし、
好きな人もいる。
世界のみんながわたしのことを
好きになるなんて、ありえない。
わたしも世界のみんなを
好きにはなれないのは、あたりまえ。
自分とは合わない人がいる。
ただ、それだけ。

人との関係には、
とてつもない努力とエネルギーが要《い》る。
そんな心のエネルギーを
自分と合わない人に注いでしまうと、
いざ愛する人ができたときには、
エネルギーのタンクが空っぽになっている。
いまこの瞬間も、大切な心のエネルギーを
地面にこぼしてしまっているかも……

……だとしたら、もったいない。

美畫

・秘密・

行ってみないとわからないけど、
あえて行く必要もない道もある。
それが、秘密というもの。

ときには知らぬが仏で
知る必要のない場合もある。

秘密を知ってしまった瞬間、
とてつもないその重さから
自分を守らなければならなくなる。
だから知ってはならない秘密なら
知らないふりをする勇気も必要だ。

・言葉より深いもの・

塩はほどよく使えばいい味を出すけれど、
入れすぎると料理が台無しになる。

言葉は塩と同じ。

言葉は控えめに使うほど良いという意味だ。
はっきり言うべきときもあるけれど
それが良い感情を表す言葉ではない場合、
すべてを吐き出してしまうと、後悔することも。

自分が口にした言葉を守れる人は、
一体どれだけいるだろう？

インターネットに悪意の言葉を書き込んで
他人の心を傷つける人がいっぱいいる。

他人の死にたいして、あるいは
ずたずたに引き裂かれた心にたいして
自分が何を話しているのかおかまいなしに、
書きまくる。
そうやって吐き出す言葉の陰に
逃げて隠れる姿は
弱々しく
愚かで
哀れだ。

・そうするしかなかった・

言いわけするようだけど
そのときはそうするしかない理由があった。

言いわけみたいに聞こえるけど
その人もそのときはそうするしかない
理由があったのだろう。

それが今はわかる気がする。

・信じるということ・

他人を信じられない人は
自分のことも信じていないのだ。

ある人に向かって、
「わたしのことを信じてないんだね」と
恨みごとを言ったことがあった。
わかってもらえないことに腹を立てていたから。
でも落ち着いて考えてみたら、
その人は自分自身を信じられなかったから
他の人を信じることができなかったのだと気づいた。

他の人に信じてほしいと願う以前に、
自分自身をちゃんと信じているのか
しっかり見つめることが、
ずっと大事なんだと思った。

他の人に信じてもらえなくても、
自分自身を信じることができれば
大丈夫。

自分を信じられれば、
堂々としていられるから。

美畫

・ギブ・アンド・テイク・

何も望まず与えようとする人と、
得ることだけを望む人がいる。
得られるなら与えようという人と、
まずは与えてみようという人がいる。

誰が一番正しいのか。

人生や愛は
ギブ・アンド・テイクだという。

心であれモノであれ
与えた分だけ得たいと
望むのが人の心というもの。
でも、そんなにうまくいくはずがない。
与えたほどには受け取れないときもあるし、
与えたものよりずっと多くを受け取ることもある。

誰かが親切にしてくれたことに感謝する心があれば、
他の人にも同じように、親切にできるようになる。
両親から受けたのと同じ量の愛を返すのは
難しいけれど、
自分が親になったときには、
その愛を子どもたちに与えるように。

与えた分はもらわなきゃ、
そう思っていると損した気分になるし、
誰かに与えることさえ、
苦痛になってしまう。

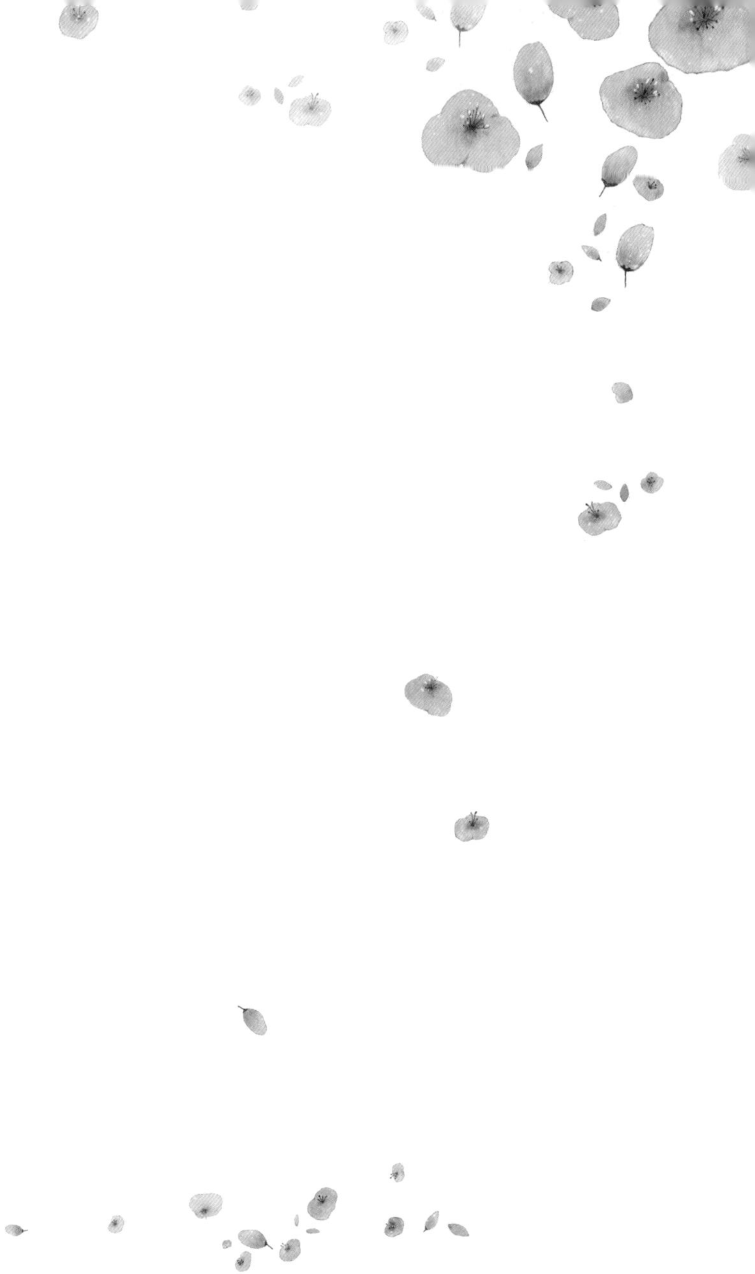

・ときには省略・

今日も机の上には本と書類が山積みだ。
やらなきゃならないことがたくさんある。
いろんな人と話さないといけないし、
頭の中では考えがぐるぐる渦を巻いてきりがない。

わたしたちは一日中すごく多くのことをこなし
果てしなく考えをめぐらせながら生きている。
一生懸命努力しても
できないとあきらめることもあるけど、
うまくいかないからと自分を責め、
傷つくこともしばしばだ。

何もかもうまくやろうと無理やりがんばるよりも、
たいして重要でないことは
ときには、そのまま放っておくような
気持ちの切り替えが必要だと思う。

すべてを成し遂げられず、やり残してしまうと
自分はダメだと落ち込むかもしれないけれど、
ときには省略したり
放っておいたりすることで
人生はもっと豊かになる。
重要でないことはスルーして、
考えることさえやめてしまえば
もっとたくさんのことができるようになる。

美畫

・自分が思うとおりの人になる・

憂うつな思いに浸っていると本当に憂うつになる。
自分は愚かだと思っていると本当に愚かな人になる。
表情や行動の端々《はしばし》に心がそのまま表れて
本当にそういう人になってしまう。

自分の価値をちゃんと評価できる人なんて
きっといない。

人の顔色をうかがわなくても、
しりごみしなくてもいい。
自分の価値は自分で作っていくものだから。

今日もわたしは心の中で呪文をとなえる。
「わたしはできる。わたしはきっとやりとげる」
その瞬間、わたしはなんでもできる人になる。

自分が願えば
思うとおりの人になれるのだ。

休止符 2

今を生きよ、あなたを応援する誰か

『彼は君を愚かだなんて思ってない。
ただ耳が聞こえない人だと
思っているだけさ。
本当に愚かなのは
耳の不自由な人を愚かだと思うやつだ』

──映画『愛は静けさの中に』より

・なかなかすてきな人生・

10代のころは、20歳になれば
何かが新しくなると思っていた。
でも20歳になってみると、
新しいことなんて何もなく
悩みが増えるだけだった。
どこに向かえばいいかわからないまま、
やみくもに突き進み、
勇ましく挑戦したはずが、
無謀な挑戦に終わったこともあった。

30代になれば何かが変わると思っていた。
でも30歳になってみると
変わることなんて何もなく、
悩みの重さはそのままで、責任が増すだけだった。

人生には、悪いことも
良いことも起きるのが、あたりまえ。

不幸と幸せはいつだって隣り合わせ。
だからきっと、このままでいい。

10代も20代も、そして30代になっても、
変わらぬ重さの悩みや
膨らむ責任を抱えながら生きている。
今この瞬間、あなたがそう感じるなら、
あなたの人生はなかなかすてきでかっこいい。

美畫

・ふつうにあることだから・

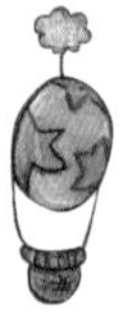

生きていれば、誰かのせいで、あるいは何かの事情で
傷つくことがある。
その傷は、他の誰かのおかげで癒されたり
もしくはなんらかの理由で癒されたり、
あるいはそっと胸の奥に隠されたりもする。
避けたくても避けられず、
乗り越えなければならないことだから。
「生きていればふつうにあること」だから。

すべてのことにはわけがある。
傷には痛みと向き合う時間が必要だ。
痛みを避けてばかりいると、
いずれどこかでぶり返す。

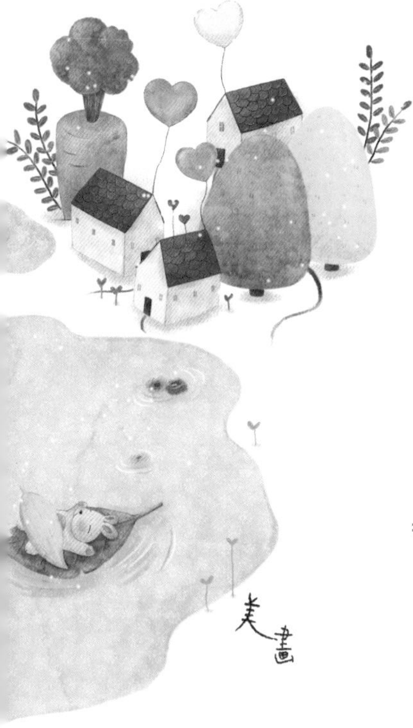

過ぎてしまえば
なんでもないのに、
気にしすぎると
痛みに痛みが重なって、
もっと大きな傷になって
残ってしまう。

・今この瞬間・

「時間がほしい」と、もがいていた。
「時間を作らなきゃ」と
最善を尽くしたつもりだったけど、
ふと振り返ってみれば
むしろ時間に追われていた。

もがくばかりで、
いつも焦ってばかりいた。

二度と戻らない今この瞬間、
何よりも大切なのは、ゆっくり今を見つめること。

今日が幸せでない人は
明日も幸せになれないから。

・心の区切り・

心を許した人が離れていくときがある。
恋人や友人、家族、
それぞれが自分の人生を前へ、前へと歩んでいく。
寂しかったり
傷ついたりもするけれど、
それは、仕方ないこと。

別れを繰り返すたびに
自分の心の壁がどんどん高くなっていく。
取り残されるのは怖いけど、
別れは、人生のひとつの区切りにすぎないから。

出会いと同じように別れにも感謝しよう。
またいつか会えるかもしれないという
期待に胸を膨らませながら。

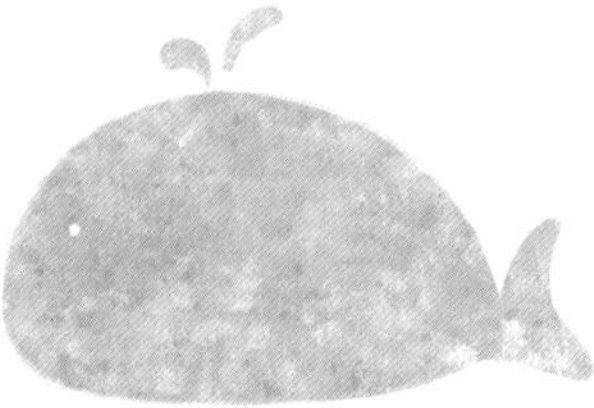

・魂のビーズ・

イランでは美しい模様を真心こめて織り込んだ絨毯《じゅうたん》に
わざとちいさな傷を残しておく。
これを「ペルシアの傷」と呼ぶそうだ。
ネイティブ・アメリカンは
ビーズでネックレスを作るとき、
「魂のビーズ」という傷ついたビーズをひとつ
ワイヤーに通しておく。

すべてが完ぺきであるよりは、
少し傷がついていたほうが
多くの人に愛されるからだ。

わたしたちも、きっと同じ。
何もかも完ぺきすぎるより、
少し傷がついているほうが
魅力的なはず。

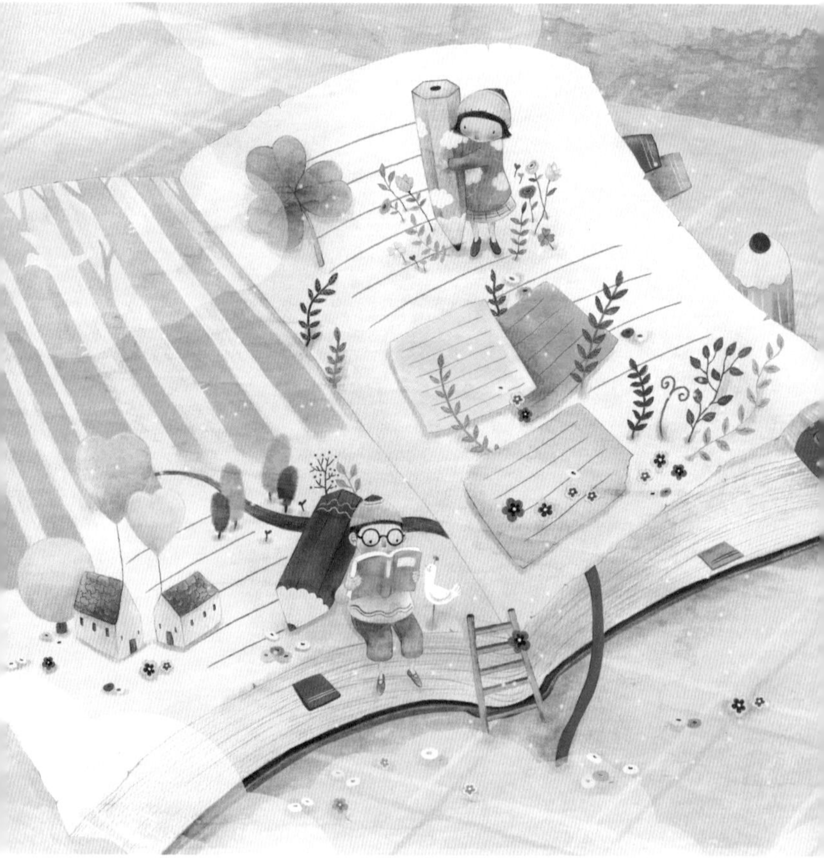

わずかの傷が人をより人間らしくする。

年を重ねるほど完ぺきであろうと願い、
自分に足りない部分があれば、
それは「傷」だと考える。
だから、自分のいいところを
何倍にも膨らませて「傷」を隠そうとするのだ。

人生というネックレスに
魂のビーズをひとつ入れれば、
願っていたより
何倍も美しいものになるだろう。

わたしの役割

ときに、映画やドラマでは、
主人公の隣にいる脇役がすごく輝いて見える。
演技に思わず笑い、
感動がこみあげる。
映画やドラマを豊かにする
バイプレーヤーたちの圧倒的な存在感。

必ずしも主人公じゃなくていい。
脇役も、映画やドラマのそれぞれの場面では
主人公なのだ。
「人生は一編の映画」だと、
誰もがカッコいい主人公になることを望む。
「すべてのシーンで華やかな主人公でありたい」と
背伸びしながら生きるより、
自分だけのすてきなシーンを作ってみるのも
悪くない。

・何もしなくていい時間・

何もしないより
なんでもやってみるほうがいいと思っていた。
自分の夢に自信がなかったわたしは、
いろいろな経験が、人生には
プラスになると思っていた。
つねに何かをしていないと、落ち着かない。

でも、何もしない時間ができて、
ゆっくり休めるとしたら……

そんな休む余裕を持つのも大切なこと。
何もしない時間に救われることがある。

「なんでもやってみるのがいい」ではなく、
わたしはわたしのままでいい。

美畫

ときどき手を休め、仕事から離れて休息を取るべき。
休みなく仕事ばかりしていると
判断力を失ってしまうから。
少しのあいだ仕事から離れるか、距離を置いてみれば、
自分の人生のバランスがいかに崩れているか
はっきりと見て取れる。

・世界で一番簡単な言葉・

すみません。
ありがとう。
あいしてる。

たった5音の言葉なのに、
口に出すのは難しい。
言うべきか言わざるべきか
迷っているうちに、
言葉の重みで心がどんどん重くなる。
だったら思い切って言ってしまうほうが、
ずっと楽だし、気持ちもすっと軽くなる。

・心の駆けっこ・

駆けっこをすると
(といっても、わたしは走るのが得意ではないが)
早くゴールに着こうと焦り
足がもつれて転ぶことがある。

他人の心を理解しようとすると
自分の気持ちが焦り
相手を誤解してしまうことがある。

駆けっこで
体が気持ちよりも先走り
転んでしまうのと同じように……

ひと息つけばいいのに
せっかちなわたしは今日も焦り、
心がもつれて転んでしまう。

・ふさわしい時期・

みんなにあれこれ心配されるのは
“それなりの年齢”になったから。

まだ結婚していないのか、
どうするつもりだと聞かれる。
子どものころは大きな夢を持てと言われたのに
夢を追うのはやめて現実を見ろと諭される。

でも何かをするのに、年を取りすぎたとか
若すぎるとか、年齢は関係ない。

今すぐは何もできないかもしれないし
願いは叶わないかもしれないけれど、
すべての人には“ふさわしい時期”があるのだ。
無理して人生のスピードを他人と合わせて
生きていく義務なんてない。

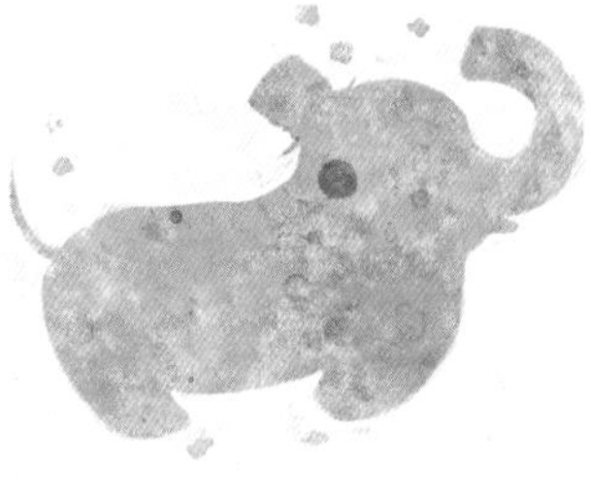

・本当の自分とは？・

ありのままの自分でいればいい。
自分のことだけ考えていればいい。
そんな時期は過ぎ去り、
まるで俳優みたいに
いくつもの顔を演じわけるようになった。
出会う相手や場の空気に合わせて
いくつもの仮面をかぶり、
自分がわからなくなるときもあった。
ふと「これでいいのだろうか？」と
疑問がわくときもあった。

本当の自分ってなんだろう？

おとなになると多くのことを期待されるけど、
本当の自分がわからないままだと
周りに振り回されてしまう。

・自分を理解する方法・

四季にはそれぞれ
音と香り、木々の彩りがある。
山や海に行くと、自然を肌で感じ、
季節の音はよりはっきり聞こえてくる。
その音に耳を傾ければ
いつの間にか自然と一体になったような
安らぎを覚える。

人間も同じ。
人にはそれぞれ、
自分の気持ちを表す表情や方法がある。
相手の個性をありのままに受け入れれば、
相容れないと思っていた人でも
きっと理解できるようになるはず。

これまで他者の声には耳を貸さず、
自分の思いだけを主張してきた。

自然の音と同じように
他の人の声に耳を傾けてみれば、
自分の心の声も
きっと聞こえるようになるはず。

・ベンチ・

公園を散歩していると、
ところどころで見かけるベンチ。

道行く人たちが自由に座って休み、
そこから再び歩き出す。

雨が降ればびしょ濡れで、
雪が積もれば冷たくて
座れなくはなるけれど、
雪がとけすっかり乾けば
誰かがまたそこに座るのだ。

ベンチはそこにそのまま、
どんなに騒がしくても、
どんなに重いものを置かれても、
黙々とたたずむ。

美

ときには道端のベンチのように
自分が立っているその場所で、
ただひたすら与え続ける。
そんな存在にわたしはなりたい。

・カルペ・ディエム・

人生にはいくつもの選択の瞬間がある。
大学の専攻、就職、結婚、
そして、毎日何を食べるのか。
日々、思い悩む選択の連続だ。

この先何が起きるかなんて、誰にもわからない。
いつも決断するのは難しい。
だからこそ最も大切なのは、
自分の心が本当に求めているものは
何か知ること。
人生は一度しかないのだから。

わたしたちには
望むことをやり、
愛したい人を愛し、
食べたいものを食べる権利がある。
おそれることは何もない。

「自分の人生を堂々と選択する
あなたを応援します」

『Carpe diem《カルペ・ディエム》
今を生きろ。
かけがえのない人生をつかむんだ』
——映画『いまを生きる』より

休止符 3

人は、自分が思うままに存在する

『自分がどんな人間であり、
何を望んでいるかわかれば、
君を困らせ混乱させるものは消えていくよ』

――映画『ロスト・イン・トランスレーション』より

・隠れてしまいたい日・

ときどき誰も知らない場所に
隠れてしまいたくなる日がある。
でも、知られず隠れられる場所なんてないから
もっと悲しくなる。

・傷に向き合える人・

自分が受けた傷に向き合える人は
他の誰かの傷も包み込むことができる。

傷ついたことがない人なんていないし、
傷つくことは決して悪いことではないのに、
ときには自分が受けた傷を
まっすぐ見つめられず、
他の人まで傷つけてしまうことがある。

・やり直せばいい・

はじめての場所に行くときは
道を間違えてはいないかと、何度も地図を確かめる。
周りをよく見て、標識どおりに進み
道を尋ねたりもするけれど、
それでも、
とんでもない場所にたどり着いてしまうことがある。
そんなときわたしは、出発点に戻って道を探し直す。
方向音痴だから
ちょっとは焦ってまごつくけれど、
また同じ道を進む過ちは繰り返さない。

次に選んだ道がまた間違っていたとしても
最初にいた場所に戻って、出直せばいい。

目的地までたどり着くのに
時間が少し余計にかかるだけ。
やり直せば、それでいい。

苦労してやっと見つけた道ならば
二度と迷うことはないはずだから。

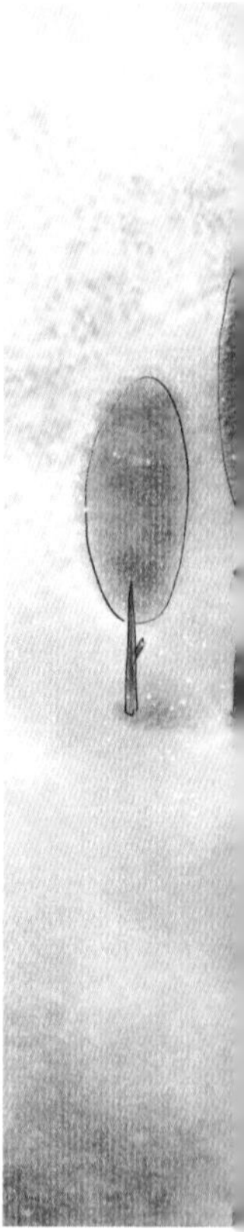

美畫

最初

どんなことも、最初は妙にドキドキする。
なぜなのかと考えるうちに、
いつの間にか恐れという感情と向き合うことになる。

「うまくいくのか」という
自信のない気弱さが頭をもたげて、
始まる前から最悪の状況を思い描き
不安ばかりが先走る。
でも、それはたんなる
思い込みであることがほとんどで、
自分の中で恐怖を膨らませているのだ。

目に見えることよりも、
差し迫ってもいないことに想像をめぐらせて
怯えているのかもしれない。

美

ありもしない未来をおそれる必要はない。
明るい夢を抱けば、何かが生まれるはずだから。

それに、もし何かが起きても、
きっと乗り越えられるはずだから。

・わたしの目を見て・

「目は心の窓」という言葉がある。
わたしたちは目で
多くを語り合っているという意味だ。

目を合わさずに話す人は
どこか信じられない。
逆に、本当に親しい友だちや愛する人は
目を見ただけで心を察することができる。

人は何かを思い出そうとするとき､目を動かすという。
過去のことを考えるときは左、
未来のことを想うときは右。

わたしの目は過去を語るのだろうか？
未来の夢を語るのだろうか？

・自分だけなぜ？・

他の人の悩みを聞いてみると
自分も似た経験をしていると気づくことがある。

そのたびに思うのは、
人生は、みな似ているということ。

自分だけなぜつらく悲しい思いをするのかと
孤独を感じるときもあるけれど、
それは誰もがいつか経験するものなのだ。

ただほんの少し誰かよりも先に、
あるいは後に経験するだけ。

だから、そんなに落ち込まないで。
つらくても悲しくても
それは、あなただけでは
ないのだから。

・そこそこの人生・

そこそこの人生でも、
悪くない。
だからこそ、
人生は捨てたもんじゃない。

・青春まっただ中・

わたしはよく転ぶ子どもだった。
地面がどーんと目の前に現れる不思議な記憶が
今でも鮮明に残っている。

転んだときにすごく泣いたのは、
痛かったからではなく
驚いて駆け寄るおとなたちに、
助けを求めたかったからだった。

「転んだって大丈夫。
ひとりで立ち上がれるよ」と、
なんでもないことのように言ってくれたら
泣きもせずすぐに立ち上がれたはずなのに。
自分で起き上がれば
満たされた気持ちになったはずなのに。

人生もきっと同じ。

一生懸命生きていれば転ぶこともあり
転べば膝にけがをして血が出るように
心が傷つくこともあるだろう。
そんなとき、周りが大げさに心配すればするほど、
心は弱くなってしまう。

転んだら、起き上がればいいし
けがをしたらちょっと休めばいい。
心配なんてしなくていい。

美畫

・おとなになるということ・

「どこに行ってもひとりで食事ができるのは、
おとなになった証拠だ」
そう友だちが言った。
冗談交じりの言葉だけど、
大きな意味が込められていると思う。

誰かと一緒に食卓を囲むのは、
仲間と心を通わせ思い出をともにするということ。
でも、ひとりでご飯を食べるのは、
ひたすら孤独に耐えるということ。
おとなになるのは、
なんとも寂しいことなのかもしれない。

夢

やりたいことがいっぱいあって、
何をすべきか悩んだことがあった。
あれもやりたい、これもやりたい。
でも、本当にやりたいのかわからない。
夢見がちな思春期は過ぎたのに、
何ひとつ根気よくできず、
このままでいいのか、不安になった。
得意なことはなんなのか、好きなことはなんなのか
自分でもよくわからなかった。

でも、そんな時間を重ねるうちに
夢をつかんだ。
悩んでいたころの経験の数々が、
夢を見るわたしを支えている。

美畫

夢はいっぱいあるほうがいい。
でも夢がなくても、大丈夫。

今日は昨日の夢を叶える日で、
今日は新しい夢を見る日で、
明日は今日の夢を叶える日なのだから。

・一歩一歩・

人生の目的地に向かって走る。
それは、楽しいけれど、しんどく孤独だ。
道がでこぼこだったり、周りの目が気になったり。

一歩一歩じっくり進もうとすると、
世の中の流れに取り残され、
あわてて走ると、足がもつれて転んだり。

ゆっくり歩いても大丈夫。
急ぐのとベストを尽くすのは違うはず。
正しいと信じる自分を応援しながら
一歩一歩前へ進めば、
不思議と夢は叶うはずだから。

・良さそうに見える道・

100メートル走やハードルなどの陸上競技では
選手たちはそれぞれ決められたコースを走る。
隣のコースが自分の好きな数字だからといって
自分のコースをはずれて隣のコースを走ったら、
1位になっても失格だ。

隣の人が自分より少し先を進んでいても、
その道が良いとは限らない。
ただ良さそうに見えるだけ。

本当に自分に合う道はどれなのか。
大切なのは、自分が走る道を
まっすぐに見つめて進むこと。

休止符 4

愛とは、
与えるものなのか
それとも
与えられるものなのか

『誰かを愛したら、
愛してるってすぐに大きな声で言わなきゃ。
でないと、
その瞬間はすぐに過ぎ去ってしまう』

──映画『ベスト・フレンズ・ウェディング』より

・36・5度　手を握っても平気な温度・

「ヤマアラシのジレンマ」という言葉がある。
ある寒い日に、2匹のヤマアラシが
暖を取ろうと身を寄せ合うが、
近づきすぎると
おたがいのトゲが体に刺さり、
離れると寒くて耐えられなくなってしまう。
そんなジレンマに陥るという寓話だ。
自分を隠して相手とある程度の距離を置こうとする、
そんな人たちの心理を表す言葉でもある。

愛することをおそれ、しりごみする人たちがいる。
愛して別れたつらい記憶のせいで、
新しい恋をするのをためらう人が
周りにもたくさんいる。

その人たちは「また傷つくのが怖い」と言う。

心の奥深くでは
誰かを愛し、愛されたいと思っているけれど、
つらい記憶のせいで、初めからおじけづいて
一歩身を引いてしまうのだ。
傷つくことが怖いから
近づく人に鋭いトゲを立て、
弱い自分の姿を隠すヤマアラシのように。

でも、知ってる？

近づく人にたいして一線を引けば、
つらいことは避けられるけど、
その人のぬくもりを
感じることもなくなってしまうと。

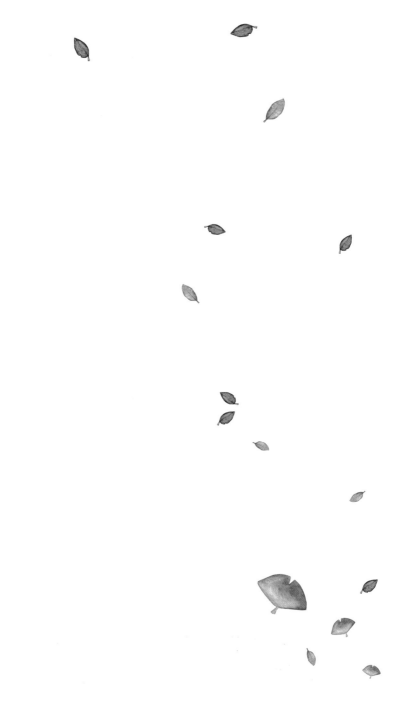

・かけひき禁止・

「人生でもっとも素晴らしい癒し。
それが愛なのだ」と
ピカソは言った。
でもときに愛は、人をすさまじく消耗させる。
心がすり切れ、何も手につかないほど
ぐったりしてしまうこともある。

今この瞬間も、愛という名でごまかしながら
かけひきをしているのではないか。
あるいは、わたしが
かけひきをさせているのかもしれない。

・感情と心の違い・

愛という感情を持つよりも
愛という心を分かち合ったほうが、もっといい。
感情はたびたび変化するかもしれないけれど
分かち合った心は、簡単に変わらないから。

だから愛という感情を持つよりも
愛という心を分かち合うほうが、
ずっといい。

・愛する人に必ず問うこと・

「どうして、わたしのことが好きなの？　」
と問いかけても、
望みどおりの答えが返ってくるのは、ごくまれなこと。

たいていの愛は理由もなく始まるのだから。
相手をなぜ好きなのか
きちんと答えられる人はほとんどいないはず。

いまだにこんなことを考えているわたしは
未熟なのか、単純なのか。

恋人に求める条件を設定し
それに見合う相手を探す人がいる。

「こんな人がいい」「あんな人はダメ」と
条件ばかりを見ている人たち。

相手を本気で愛そうとしているのか、
そうでないのか。

もっとピュアに、
他愛なく人を好きになっても、大丈夫。

『あきれ顔で僕を見るとき
鼻筋に小さなしわを寄せる君が好きだ。
一日中一緒に過ごした後、
僕の服についた君の残り香が好きだ。
夜、眠りにつく前に、
一日の最後のおしゃべりをしたいのは
まさに君なのだから……。
愛してる』

——映画『恋人たちの予感』より

美畫

・誰もが誰かの初恋の相手・

初恋は切ない。
それは、胸に焼きついた残像や
色あせることのない思い出のせいだろう。

心の奥深くに大事にしまった
懐かしい初恋の思い出をときどき取り出し、
ときめきを反芻《はんすう》しながら年を重ねていく。

初恋の人の思い出を
ぎゅっと抱きしめている
あなただって、きっと……

誰かにとって、初恋の相手だったはず。

・自分から近づいてみる・

誰かに近くに来てほしいなら
自分から近づいてみる。
誰かに気持ちをわかってほしいなら
自分から伝えてみる。

行動や言葉できちんと伝えてこそ、
気づいてもらえることもある。

相手だって、もしかすると、
あなたと同じことを
考えているかもしれないのだから。

・あなたにとってわたしとは・

誰もが愛されたいと願う。
愛されるために
相手が望む姿になろうと努力する。
でも、背伸びして学んだり
おしゃれしたりする必要はない。
相手が気に入るような服を着て、
相手に合わせる考え方をして、
相手が好きな言葉を言ったとしても、
愛してもらえるわけじゃないから。

あのころは、気づかなかった。
ありのままを見せたら去っていくのではないかと
やきもきしながら、
相手の顔色をうかがってばかりいた。

背伸びなんてしなくていい。
ありのままでも十分魅力的だから。

……とはいえ、愛ってやっぱり難しい。

美畫

・断捨離・

「いつかまた使うかも」と使いかけの物を
引き出しにしまい込むことがよくある。
でもそんなことはすっかり忘れて
たいてい、ずっと入れたままにしてしまう。

でも、思い切って断捨離すれば、
ぎゅうぎゅう詰めだった引き出しに
別の物を入れる余裕が生まれる。

心も同じ。
古い記憶や感情でぎゅうぎゅう詰めだと
新たな感情を入れるすき間がなくなってしまう。
そんなときは心の引き出しを開いてみるといい。

美畫

思い出をきれいに整理して
未練と欲を断捨離すれば、
ぎゅうぎゅう詰めだった心が軽くなり
新しい感情を入れる余裕が生まれる。

傘

子どものころ、雨が降ると
傘を手に誰かが迎えに来る姿を、
いつも心に浮かべていた。
当時の気持ちをはっきりと覚えているのは、
そんな日が幾度もあったから。

雨の日、学校が終わると同じクラスのみんなが
迎えに来たお母さんやおばあさん、
あるいは他の誰かと一緒に
家に帰っていくなか
わたしはぼんやりと窓の外をながめていた。
両親が来ないのは仕事が忙しいせいだと
もちろん、わかっていたけれど。
あきらめながらも、
寂しさとうらやましさがこみあげた。
雨が降ると、今でも
あの瞬間《とき》の気持ちがよみがえる。

おとなになったある日、小雨が降るなか
仕事帰りの母を迎えに行ったことがある。
傘を手にした娘を見たら、
雨で冷えた母の心も温まるのではないかと
少しわくわくしながら。
子どものころの雨の日を思い出し、
口元に微笑《ほほえ》みを浮かべながら。

自分のために傘を手に誰かが迎えに来てくれるのは、
すごくうれしくありがたいこと。
それに気づいたのは、
子どものころの寂しい日々があったから。

あの日、母を迎えに行く道で
わたしはとても幸せだった。

・本当の恋愛・

本当の恋愛とは、
別々の人生を歩んでいた男女が出会い
相手の心と人生の裏側すべてを目にしても、
なお愛すること。

思いがけない傷を目にしても、
黙々と見つめられる心のこと。

相手の心と人生の裏側を知らずに、
本当の恋愛はできない。

『わたしはひとつの逆説を見つけました。
もしあなたが傷つくことをおそれずに愛すれば
傷ではなく、それ以上の深い愛だけが残るのです』
——マザー・テレサ

・愛せない理由・

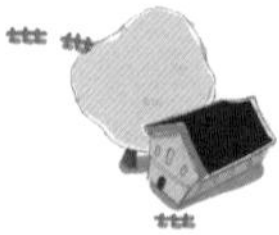

ハイヒールみたいな人を
ずっと待っていた。
華やかで、わたしを美しく引き立ててくれる
ハイヒールのような人のことを。

ハイヒールを履くときれいに見えるけど、
歩くうちに足が痛くてたまらなくなった。
その場で脱ぎ捨て、裸足で歩いてしまいたかった。

誰かを再び愛してつらくなるのは、
恋はハイヒールのようなものだから。
ハイヒールが足を痛めるように
愛も心を傷つけるから。

・本当の別れ・

別れの瞬間が苦しくてつらい理由は
相手が自分の人生の一部になっているから。
きっとどこかで再び会えるだろうという
未練を抱いているから。

「本当の別れ」とは、
相手が自分の人生から完全に切り離され
かすかな痕跡さえも消えたときのこと。

「本当の別れ」の瞬間、
砕けた心のかけらは、新たなきらめきを得て
また別のときめきを期待するようになるのだ。

・勘違い・

信じている人にたいして、
ささいなことで腹を立てるときがある。
わたしを愛してくれるその人に
感謝して、大切にしないといけないのに、
優しくしてくれるのが
だんだんあたりまえになって、
あらゆる感情をぶつけてしまう。
相手は何があってもわたしを愛してくれるはずだと
大きな勘違いをしているからだ。

『本当に幸せになれる人は
人に奉仕する道を見つけた人だ』

――シュヴァイツァー

・会いに来てくれる人・

家が街のはずれにあるので、
誰かに会いに行くたびに
バスと地下鉄を乗り継ぎ
かなりの距離を歩く。
ややこしく、時間がかかり、くたくたになる。

ふと思った。
わたしに会いに来てくれる人も
同じ思いをしているのだろう。

ややこしく、時間がかかり、くたくたになるはず。

だからこそ
会いに来てくれる人は
大切にしたい。

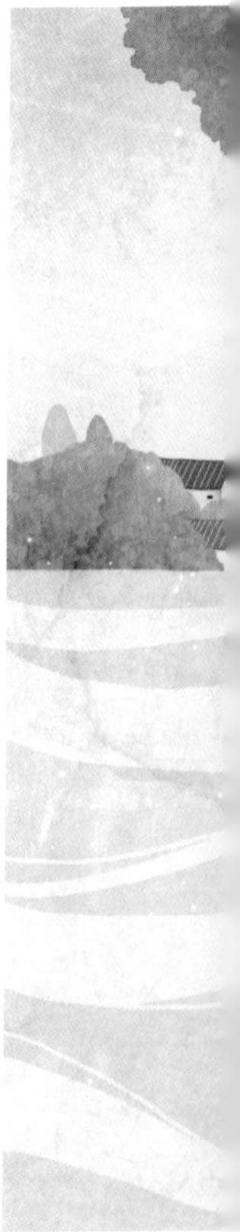

わたしに会いに来る道のりが、
スムーズで
わくわくする時間になるように、
相手の気持ちを大切に受けとめて
感謝したい。

美畫

休止符 5

応答せよ、きらきら輝くたくさんの瞬間たち

『きらきら輝いているのは
夜空に浮かぶ星だけではありません。
この大地に足を踏みしめている人々、
そのひとりひとりが輝いているのです』

——ドラマ『アクシデント・カップル』より

・フレーミング効果・

フレーミング効果（Framing Effect）という言葉がある。
「情報の本質は同じでも、問題の提示のしかたによって受け手に与える印象が変わる現象」のことだ。

同じ状況でも、どう表現するかは人によって異なるし表現次第で受け手の意思決定も変わる。

人生も、どんな気持ちで
自分を見つめるかによって変化する。
自分を信じ、置かれた状況を
ポジティブに受け入れられれば、
人生に納得できる瞬間が訪れるはず。

・抱きしめる・

‘あなたの疲れた心を抱きしめます’

フリー・ハグが話題になったことがある。
街頭で通りかかった人とハグを交わす活動のことだが、
「ハグするだけなのに、何か効果があるの？」と思った。

調べてみると、抱擁《ハグ》は「愛情ホルモン」と呼ばれる
「オキシトシン」の分泌を促すという。
だからハグをすると、
気持ちが落ち着き、ストレスが解消され、
人間関係も良くなるそうだ。

心が満たされることで、
食欲が抑えられ、ダイエットにも効果があり、
ハグする人の健康と免疫力にも
プラスの影響を及ぼすらしい。
（痩せたい人は、今すぐ隣にいる人をハグしてみよう！）

ダイエットに良いかはわからないけど
ハグすると癒されるのは本当のこと。

疲れてぼろぼろになったときは、
100個の励ましの言葉より、
1回のハグが大きな力となる。
相手の心までぎゅっと抱きしめる。
そんな人にわたしはなりたい。

美畫

・人生が幸せになる瞬間・

頭の中にしまっていた思いと
心にとどめておいた感情を声に出せば、
不思議なことにそのとおりになる。

「大丈夫、わたしは幸せ」と叫ぶ瞬間
わたしは本当に大丈夫で、幸せになる。

毎日鏡に向かって、
「自分が一番幸せ、自分が一番きれい」と話しかければ、
そのとおりになるかも。

理解するということ

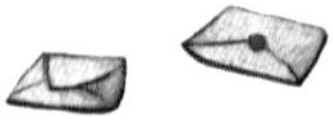

「あなたを理解できない。
どうしてこんなことするの？」

恋人どうしはときに
おたがいを理解できず言い争う。
相手を理解できないのは、
自分の立場だけを主張しているから。
「わたしを愛しているなら理解できるはず」と
思い込んでいるのかも。
でも、愛と理解は別のもの。

わたしは両親のことさえ
すべては理解できていないけど、
あなたのこともまったく理解できていないけど、
それでも愛しているという思いは変わらない。

美

理解できなくても、
理解する努力を重ねるうちに
愛は深まっていく。
理解できなくても、
愛は存在するのだ。

・思いを叶えるために大事なこと・

「チャンスを狙っているんだ」
大きな一発を当てたいわけでもないのに、
まだ実力が足りないからと
人前に出るのをためらう。
それでいて、機会をうかがっていると言いわけをする。

でもチャンスを待つばかりでは
決して願いは叶わない。
思いを叶えるために大事なのは、
声に出し、行動に移すこと。

誰かが背中を押してくれるのを
待つ必要はない。

『完ぺきなタイミングなんてない。
ただ、できるか、できないか、それだけの問題よ』
——ドラマ『ゴールデンタイム』より

・今年もかならず花は咲く・

人生とは待つことだ。

幸せを待ち、苦痛が去るのを待ち、
愛の訪れを待ち、朗報を待ち、
花が咲くのを待つ。

でも、待つのはとてもつらいこと。

人は、つらすぎる現実に
変化を望むがゆえに
何かを待っているのかもしれない。
「希望を抱いて待つ」という人は、
苦しすぎる現実を
どうにか耐えるために
希望を抱いているのかもしれない。

人生は待つことの連続だ。
待つ時間は永遠のように
感じるけれど、
ちいさな喜びを見つければ、
笑顔で過ごせるようになる。
不安で焦ってばかりいるよりも、
ちいさなときめきを
たくさん感じるほうがいい。

寒い冬が過ぎれば
暖かい春が訪れ、
雪がとければ花が咲く。
それぞれの人生も
かならず花開くはずだから。

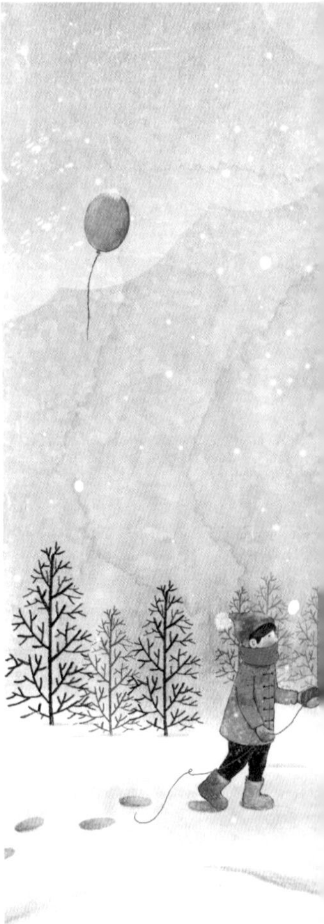

美畫

・明日が恋しい今日・

「過去に戻れるとしたらいつがいい？」
という友だちの質問に、
「27歳」と答えた。
あのころの自分が一番きれいだったと思うから。
だけど、当時のわたしは
人生の重さに耐えかね
叶うことのない愛に苦しみ、
子ども時代を懐かしがっていた。

今では再び戻りたいと思うほど
幸せな日々だったのに、
27歳のわたしは
自分の美しさや輝きに気づいていなかった。

POST
美畫

10年後、20年後にまた同じ質問をされたら
「今、この瞬間が愛おしい」と答えるだろう。

今日が幸せでない人は
明日も幸せではないという。
今この瞬間をせいいっぱい、
幸せに生きたい。

・応答せよ、
きらきら輝く瞬間たち・

幼なじみと話していると、
わたしがすっかり忘れていたエピソードや
思い出が話題になることがある。
心の片隅にすっかり埋もれていた思い出が
ふとしたきっかけでひょっこり顔を出し、
心がほっこりすることがある。

何も望まず、ただ幸せだった
初めて恋をしたころのわたし。
夢を叶えようと、前だけを見て
がんばっていたわたし。

いつもきらきらしていた
あのころの思い出が、
今、わたしを再び輝かせてくれる。

・隣にいる人・

答えを求めているのではなく
ただわたしの話を聞いてほしいだけ。

一緒に泣いたりせずに、
ただ聞いてくれるだけでいい。
悩みをともに背負ってほしいわけでもない。
進むべき道は自分が一番わかっているのだから。
ただ心を寄せてくれれば、それでいい。
明日になったらぜんぶ忘れてしまっても、かまわない。

……と、今あなたの隣にいる人が
思っているかもしれない。

・人生はどんでん返し・

生きていれば、失望する瞬間がある。
さまざまな状況のせいで、
あるいは人間関係のはざまで、
ときには自分自身にがっかりすることもある。

失望するのは、期待したことと現実が違うから。
そんな気持ちが積み重なると、
自分は無力だと自信を失ってしまうのだ。

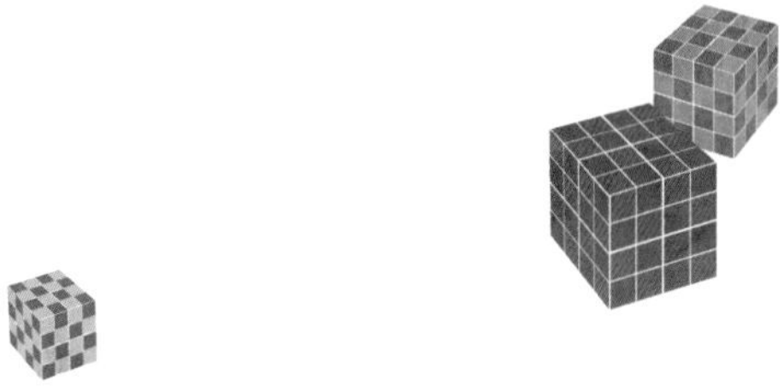

でも失望には、どんでん返しのチャンスがある。
自分の間違いに気づいたり、
期待ではなく欲望だったと悟ったりしたその瞬間、
失望は希望に変わるのだ。

人生もどんでん返し。
だから生きる価値がある。

美畫

・幸せじゃない瞬間が
ありましたか・

いつもと同じように仕事をして
誰かに会って話してご飯を食べているだけなのに、
ふと幸せを感じることがある。
毎日会っている人や、一緒に暮らす家族が
そばにいるありがたさを感じる瞬間。
待っていたバスが来たときも、
たまたま入った食堂の料理が
とてもおいしかったときも。

そんな幸せを感じるたびに、
「わたしってほんとに単純」と
苦笑いしてしまうけど
単純だからこそ、幸せなんだと思うと
笑みがこぼれる。

美畫

好きなものを手に入れて
望みを叶えたときだけに幸せを感じるのなら、
その「幸せ」は、とてもはかない。
好きなものはすぐに変わり
さらなる高みを望む欲が出るからだ。

『幸せじゃない瞬間がありましたか』というタイトルの
ミュージカルを観たことがある。
果たして、幸せじゃない瞬間があっただろうか。
あったとしたら、
すべての瞬間にちいさな幸せが
存在していたはずなのに、
気づかなかっただけ。

日常に満ちあふれる幸せの
ひとつひとつを見失わないで。
本当の幸せに気づけるように。

・砂漠に生きる木・

砂漠には渇いたのどを潤わせる水がない。
香り立つ花もなく、
うれしい便りを知らせてくれる鳥もいない。
荒涼とした砂と照りつける太陽があるばかり。

そんな砂漠に生きる木がある。
地下10メートルまで深く下ろした根は、
水を求めて大地の奥へ伸びてゆく。

深く、深く、さらに深くまで伸びた根は、
水をたっぷり吸って生きていく。
ときおり吹き寄せる風と
大地の奥底に眠る水に感謝しながら
荒涼たる砂漠で生きていく。
木はやがて、
干からびた枝にたわわに花を咲かせる。

中国にはこんな言葉があるという。

「荒涼たる砂漠はあっても、
荒涼たる人生はない」

わたしが暮らすこの場所は、
水も花もなく鳥もいない
荒涼たる砂漠ではないはずなのに、
わたしは、しきりに逃げ出そうとしている。

深く、深く根を張れず、逃げ出そうとしている。

砂漠に生きる木も、人間のように足があったら、
荒涼たる砂漠から逃げただろうか。
逃げたとしたら、美しい花を
咲かせることができただろうか。

残酷なほどに荒れはてた
砂漠だったからこそ、
木は枝いっぱいに
花を咲かせることができたのだろう。

「一輪の菊を咲かせるために
春からコノハズクは
かくも鳴いたのだろうか」とうたった
徐廷柱《ソ・ジョンジュ》の詩のように、
一輪の花を咲かせるために
わたしは今日も前を向いて走り続ける。

・エピローグ・

心の片隅にしまっておいた思いを
ひとつずつ取り出して書いた、
自分に送る手紙のような本だ。

文章とイラストを整理しながら、思わず笑顔になった。
感情をさらけ出す文章に、
これまで気づかなかった自分の姿を見つけたからだ。

30歳を超えて年を取ったと思ったけど、
まだまだ未熟なわたし。
それでも、「考えが変われば行動が変わって
人生も変わる」という言葉のように
考えを重ねた分、人生を歩む歩幅は
大きくなったのかもしれない。

欠点もたくさんあって、
弱いわたしだけれど。

そんな姿を見たあなたが
「自分も同じだ」と思い、
心が疲れたときに、
ふと「ひとりじゃない」と
感じてもらえたらうれしい。

わたしは今この瞬間のあなたを
心の底から応援しています。

今日も一日、おつかれさま。
あなたに会えてすごくうれしい。

あなたを応援する誰か

2023年2月 1 日　初版第1刷発行
2024年4月20日　初版第3刷発行

著者　ソン・ミファ

訳者　桑畑優香

発行者　廣瀬和二

発行所　辰巳出版株式会社
〒113-0033　東京都文京区本郷1-33-13春日町ビル5F
TEL：03-5931-5920（代表）　FAX：03-6386-3087（販売部）

印刷・製本所　中央精版印刷株式会社

ISBN 978-4-7778-2981-1　C0098 Printed in Japan